JULES SLOWACKI

LA PESTE AU DÉSERT A EL-ARISH

TRADUCTION EN VERS FRANÇAIS

PAR

VENCESLAS GASZTOWTT

PARIS
IMPRIMERIE D. JOUAUST
Rue Saint-Honoré, 338

M DCCC LXXIX

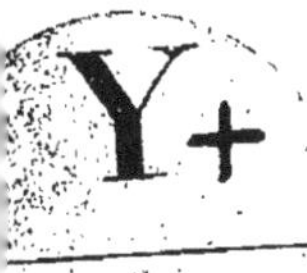

JULES SLOWACKI

LA PESTE AU DÉSERT A EL-ARISH

TRADUCTION EN VERS FRANÇAIS

PAR

VENCESLAS GASZTOWTT

PARIS

IMPRIMERIE D. JOUAUST

Rue Saint-Honoré, 338

M DCCC LXXIX

Hommage au grand romancier polonais

J. I. KRASZEWSKI

A L'OCCASION DE SA CINQUANTAINE LITTÉRAIRE

3 octobre 1879.

Le Traducteur.

LA

PESTE AU DÉSERT

A EL-ARISH

La lune a transformé trois fois son disque d'or
Depuis que j'ai dressé mes tentes sur ce sable.
Ma femme avait un fils qu'elle allaitait encor;
Trois filles et trois fils, d'un père misérable,
Famille ensevelie aujourd'hui, — dans ces lieux
M'accompagnaient aussi. Là-bas sur les collines
Neuf chameaux chaque jour s'en allaient sous mes yeux
Brouter le vert chardon et les algues marines;
Puis le soir, tous en cercle ici se reposaient
Autour de ce foyer depuis longtemps sans flamme.
Mes filles au ruisseau dans leur cruche puisaient;
Mes fils alimentaient le foyer; et ma femme,
Portant son nourrisson, préparait le repas.

Tout cela maintenant, tout cela dort là-bas
Sous ce tombeau du Scheikh dont la voûte riante
Reflète du soleil la lumière brillante.
Et moi je m'en reviens seul, hélas! cette fois,
Après avoir vécu trois siècles en trois mois,
Depuis qu'en ce désert, qu'à jamais je déteste,
Sous ma tente apparut l'ange noir de la peste.

Oh! personne ne peut comprendre la douleur
Qu'à l'heure du départ je renferme en mon cœur.
Je vais sur le Liban regagner mon village;
Dans ma cour aussitôt mon oranger sauvage
Demandera : « Vieillard, où donc sont tes enfants? »
Dans ma cour, quand les fleurs que soignaient les doigts blan
De mes filles, diront : « Tes filles, où sont-elles? »
Quand les nuages bleus, en agitant leurs ailes,
Me redemanderont et ma femme et mes fils,
Et mes enfants, qui tous, oui tous ensevelis,
Dorment avec le Scheikh sous l'affreuse coupole;
Quand j'entendrai l'écho m'adresser la parole,
Quand les hommes viendront s'informer de mon sort,
Comment trouver des mots pour raconter leur mort ?

J'arrivai. Je dressai ma tente sur le sable.

Nous fîmes près de nous se coucher nos chameaux;
L'enfant, comme un petit chérubin secourable,
Donnait aux passereaux du pain, et les oiseaux
Venaient presque manger dans sa main enfantine.
Vois-tu dans le vallon cette source argentine?
Ma fille en revenait d'un pas agile et prompt,
Sa cruche sur la tête et droite comme un jonc;
Elle vint vers le feu, puis fit jaillir, joyeuse,
Sur ses frères cette eau, goutte à goutte, en riant.
L'aîné, l'œil enflammé, le regard effrayant,
Se leva, prit la cruche en sa main fiévreuse
Et dit: «De l'eau, ma sœur! oh! je rends grâce à Dieu:
Donne, donne, j'ai soif, j'ai la poitrine en feu! »
Il dit, et puis, vidant la cruche tout entière,
Comme un palmier brisé roula mort sur la terre.
J'accourus, — mais trop tard, — je ne le sauvai pas!
Ses sœurs voulaient encor le prendre dans leurs bras;
Je criai, furieux : « Que nul ne s'y hasarde! »
Je jetai le cadavre aux Arabes de garde,
Pour le traîner en hâte avec leurs crocs ferrés
Au tombeau réservé pour les pestiférés.
Et depuis cette nuit d'épouvante si pleine,
Il fallut commencer une autre quarantaine.

L'une à côté de l'autre, Amine avec Hafné
Succombèrent aussi dans cette nuit terrible.
Et voyez! cette mort dut être bien paisible,
Car après le trépas cruel de mon aîné,
Je restai jusqu'au jour en proie à l'insomnie ,
Et je n'entendis pas leurs râles d'agonie.
Et leur mère non plus n'entendit aucun bruit,
Elle qui, je le sais, pleura toute la nuit.
Le matin, toutes deux, couleur de fer, livides,
La peste les tenait dans ses serres avides.
Je les fis par la garde emmener à leur tour;
Elles nous ont quittés, hélas! et sans retour...
Pour la dernière fois je les vis à cette heure
De leurs longs cheveux noirs balayer ma demeure.

Dans le ciel azuré regardez ce soleil :
Toujours sur ces palmiers il brille à son réveil;
Il se couche toujours là-bas vers le rivage;
Ce ciel pur n'est jamais terni d'un seul nuage.
Et je croyais alors, moi, je ne sais pourquoi,
Que ce soleil était sans rayons d'or; pour moi
Il ne ressemblait plus au soleil de la veille :
Ce n'était plus qu'une ombre aux fantômes pareille.
Et le ciel, ce témoin muet de mon malheur,

Qui de mes trois enfants avait vu les tortures,
Il me semblait si gris de brume et de vapeur,
Il me semblait si plein d'exhalaisons impures,
Que je me demandais si le Dieu créateur
Caché dans ce nuage entendrait ma prière.

Il s'écoula dix jours, avec quelle lenteur!
Tous mes autres enfants vivaient. Leur pauvre mère,
Dans son cœur plus léger assoupit son chagrin;
Et même mon dernier petit, mon chérubin
Vivait, — ne voulant pas se flétrir avant l'âge.
Je commençai moi-même à reprendre courage,
Car je ne croyais pas que, m'en ayant pris trois,
Dieu voulût m'enlever tous les miens à la fois!

Aussi ce fut un jour d'infernale torture
Quand, de mon jeune fils regardant la figure,
J'y vis soudain la mort. Moi qui le soignais tant!
Ce n'était tout d'abord qu'un signe imperceptible;
Nul ne l'eût deviné, — je le vis à l'instant.
Alors recommença pour moi cette heure horrible
Où j'avais vu mourir mon premier-né. Grand Dieu!
D'abord pâle, il devint rouge comme le feu,
Puis noir comme le fer... A cette horrible vue

Je m'écriai tout haut : « La mort est revenue ! »
Puis j'emportai son corps de ces taches couvert
Au milieu des chameaux, là-bas dans le désert,
Pour que la mort, faisant son œuvre meurtrière,
Finît de le ronger — loin des yeux de sa mère.

Près de l'agonisant, pleins d'horreur et d'effroi,
Nous veillions à genoux, tous, mes chameaux et moi.
Je me tordais les bras et criais avec rage :
« Pourquoi donc est-il né, s'il doit mourir ainsi ! »
Et là-bas, nous montrant son placide visage,
Quand mon fils expirait, la lune vint aussi
Regarder : cette lune, image inoubliable,
Comment put-elle voir un spectacle semblable ?
Dans mes bras, sur mon cœur lorsqu'il eut expiré,
J'aurais voulu brûler son corps défiguré ;
Mais, quand sur ses habits je vis courir la flamme,
J'arrachai le cadavre, et fis, la mort dans l'âme,
Enlever mon enfant par deux noirs fossoyeurs :
Et mes deux fils sont mieux, là-bas, près de leurs sœurs.
Et depuis cette mort et cette horrible scène,
Il fallut commencer une autre quarantaine.

Sous ce soleil tout rouge au disque ensanglanté

Sous cette tente à l'air étouffant, empesté,
Nous vécûmes longtemps sans dire une parole
Et feignant d'être morts ; car chacun espérait
Que le Seigneur peut-être au ciel s'y tromperait
Et de la peste enfin renverserait l'idole.

Il revint ! — Il revint, l'ange exterminateur !
Mais il me trouva, moi, sans larmes et sans cœur,
Insensible à mes deuils, aux fureurs de la peste,
Disant déjà : « Que Dieu prenne tout ce qui reste ! »
Quand mon troisième fils fut atteint à son tour,
En le voyant souffrir, mon cœur resta de pierre,
Car la douleur était mon pain de chaque jour.
Aucune larme alors ne mouilla ma paupière.
Vivant, nous l'aimions moins que nos autres enfants,
Et mort, il fut le moins pleuré de ses parents.
Aussi Dieu lui donna, comme pour récompense,
Une fin calme et douce, une mort sans souffrance ;
Tranquille, il s'endormit de son dernier sommeil,
Se raidit, et devint à la pierre pareil.
Mais la rigidité de ses traits immobiles
Paraissait faire fi de nos pleurs inutiles ;
On eût dit qu'il voulait que ce visage affreux
Se fixât dans nos cœurs, épouvantât nos yeux,

Et pour toujours, — livide avec ses taches noires, —
Criant : « Soyez maudits ! », restât dans nos mémoires !

Il mourut. Je pensais alors, — cruel destin ! —
Que si le Ciel des miens n'épargnait pas le reste,
Que s'il nous renvoyait l'ange noir de la peste,
Il me prendrait l'enfant, — ma femme, — et puis qu'enfin
J'irais moi-même aussi rejoindre ma famille.
Ma fille ! Oh ! je n'osais point penser à ma fille !
Je ne pouvais avoir de crainte sur son sort :
Elle était belle et jeune à désarmer la mort,
Et si joyeuse quand, entre ses deux mains blanches
Elle prenait ma tête et me baisait au front,
Quand elle travaillait, en courant sous les branches,
Au filet qui du cèdre environnait le tronc,
Ainsi qu'une hirondelle active et diligente !
Regarde ! Vois-tu bien ma ceinture brillante ?
C'est elle qui l'a faite ; et sur mes tristes yeux
Souvent elle venait pencher ses blonds cheveux ;
Si bien que je voyais son sourire et ses charmes
Comme on voit une rose au travers de ses larmes.
Sur toute ma maison elle régnait si bien !
Elle était là toujours comme un ange gardien ;
Dans le petit berceau veillant son petit frère,

Vers quiconque pleurait accourant la première;
Elle sut compatir à toutes nos douleurs,
Et sur son front charmant tombèrent tous nos pleurs.

Il s'écoula dix jours et dix nuits, mais si lentes,
Que la mort aurait pu s'en retourner aux cieux.
Dix autres jours encor, dix autres nuits brillantes
S'écoulèrent; l'espoir renaissait radieux...
Ma femme avait cessé de pleurer elle-même,
Quand de nos jours d'angoisse arriva le trentième.
Enfin, ayant perdu forces et souvenir,
Je me couchai la nuit et je pus m'endormir.
Mais en rêve je vis dans un léger nuage
D'Amine et de Hafné m'apparaître l'image.
Se tenant par la main, elles vinrent d'abord
Vers moi, me souhaiter le repos de la mort;
Ensuite, les yeux pleins d'une flamme effrayante,
S'approchèrent de ceux qui dormaient sous la tente,
Et touchèrent sans bruit de leur doigt menaçan
La couche de leur mère et celle de l'enfant;
Puis sur leur jeune sœur, l'une à l'autre enlacées,
Maudites! je les vis poser leurs mains glacées.
Je me réveille avec un sanglot étouffé,
Et, farouche, j'appelle : « Hatfé! ma chère Hatfé! »

Comme un oiseau léger elle accourut bien vite,
Se jeta dans mes bras, et je vis, ô bonheur!
Qu'elle était bien encor là, ma pauvre petite,
En entendant son cœur qui battait sur mon cœur.
Le lendemain, ma fille! — Oh! frappé de la foudre,
A peindre ma douleur je ne puis me résoudre.
Encore cette enfant que me prit le trépas!
Encore cette fille expirant dans mes bras!
Mais surtout un moment entre tous fut terrible :
Quand elle se tordait sous sa douleur horrible,
Elle criait : « Mon père, ô viens à mon secours! »
Et ses lèvres étaient rouges comme la rose,
Entr'ouvrant son calice où l'insecte se pose.
C'est ainsi que mourut ma fille, mes amours!
Oh! ce coup me brisa le cœur ; mais, chose étrange,
Ma fille, après sa mort, fut belle comme un ange.

Et je n'eus pour pleurer sur moi dans mon enfer
Que la garde, qui vint me prendre l'enfant blonde.
Les cruels! la frappant de leur crochet de fer
Qui tomba lourdement sur sa poitrine ronde,
Ici, — puisse le sort être clément pour eux! —
Déchirèrent son corps virginal sous mes yeux.
Alors, laissant à Dieu la vengeance d'un père,

Je voulus l'emporter moi-même au cimetière.

Et sa mère resta trois jours les bras croisés;
Ses membres engourdis semblaient paralysés;
Immobile, elle était jaune comme la cire.
L'enfant avait perdu son teint, son doux sourire,
Car le lait de la mère était presque tari.
Du berceau tous les jours sortait un faible cri.
Et ce désert, — à toi (ta famille est vivante)
Il te semble tout autre et son aspect t'enchante,
Tu le trouves doré, joyeux, ensoleillé;
Pour moi c'est un enfer ténébreux et souillé.
A travers ce désert, sur ces sables arides,
J'ai vu de mes enfants traîner les corps livides :
Là-bas, quand sur les rocs la mer vient déferler,
Toi tu l'entends gronder, moi je l'entends hurler;
Et lorsque dans son lit tranquille elle demeure,
Tu dis qu'elle murmure et je dis qu'elle pleure.
Le soir, quand le soleil baissait à l'horizon,
J'entendais le muezzin chanter son oraison.
On eût dit qu'il avait pitié de ma misère,
Car c'était d'une voix plus triste et moins sévère
Qu'il proclamait, du haut d'un tertre sablonneux,
La puissance d'Allah devant un malheureux!

Sois loué! Dieu du ciel! ô bienfaiteur du monde!
Les villes s'écroulant dans la flamme qui gronde,
Le tremblement de terre écrasant les cités,
La peste qui ravit de ses coups répétés
Les enfants sur le sein qui leur donna naissance,
Voilà, Dieu de bonté, ce qui fait ta puissance!

De moi tout être humain, m'apercevant de loin,
Ainsi que d'un maudit s'écartait avec soin.
Ma tente, — par la main de mes filles tissée,
S'était depuis longtemps noircie à la rosée,
Et sa toile qu'au sol un pieu retenait seul,
Flétrie et déchirée, avait l'air d'un linceul.
Oh! l'on reconnaissait la peste à cette tente!
Même des passereaux la foule turbulente
Qui venait autrefois se percher sur ma main,
Se baigner dans le sable et becqueter mon pain,
Cessa, par un instinct secret de la nature,
De s'assembler ici pour chercher sa pâture.
Je me demande encor ce qui les effraya :
Ma tente déchirée ou mon triste visage?
Mais les petits oiseaux fuyaient sur mon passage,
Et je m'en aperçus, — et cela m'affligea.

Cinq jours après ma fille, — ô ciel impitoyable!
Le soir, la voix des flots devint plus lamentable;
Le globe du soleil se coucha ténébreux,
Et des nuages noirs assombrirent les cieux.
La nuit vint, — nuit terrible, obscure et funéraire,
Et qu'illuminaient seuls les éclats du tonnerre.
Je vois encor ces feux, j'entends encor ce bruit;
J'entends ces flots pressés venant hacher la tente,
Qui s'étend et tout bas murmure et se lamente;
Je la vois chanceler, s'ébranler dans la nuit,
Sous les foudres du ciel s'éclairer tout entière,
Vrai tombeau de damné, fait d'ombre et de lumière.
Il me semblait, parmi ces fracas éclatants,
Distinguer au dehors la voix de mes enfants
Et leurs gémissements d'angoisse et d'épouvante.
Je tendis mon regard, mon oreille et mon cœur,
Et je me demandais, frissonnant de terreur,
Comment mes morts passaient cette nuit effrayante.

Tout à coup,—pourquoi donc en traître, à pas de loup,
Sous ma tente la mort entra-t-elle à cette heure?
Les foudres succédaient aux foudres ; — tout à coup,
Tout bas dans son berceau j'entends l'enfant qui pleure.
Et si terrible était le son de cette voix

Que sa mère, que moi, tous les deux à la fois
Nous courûmes d'un bond vers notre petit ange.
Son cri, si faible, hélas ! nous parut (chose étrange !)
Si déchirant, si plein du sanglot de la mort,
A tous deux si poignant, si terrible et si fort,
Et si profondément sorti de tout son être,
Si clair et si distinct, si maudit et si traître,
Qu'une dernière fois, voulant encor le voir,
Nous courûmes à lui, sans force et sans espoir.

Tu ne nous trompas point, pressentiment funeste !
Il mourut à son tour, enlevé par la peste.
Son corps alla grossir mon lugubre charnier.
Il mourut,—mon plus cher enfant!—et mon dernier
Elle me l'a ravi, la mort impitoyable ;
Il ne reviendra plus ! — O père inconsolable !
Tu ne le verras pas grandir dans ta maison :
Il ne reviendra plus — ô malédiction !

Les étoiles brillaient au ciel la nuit suivante.
Tous deux, ma femme et moi, nous étions sous la tente.
Sous nos yeux, de l'enfant le corps était placé
Par le froid de la mort immobile et glacé.
Et je me dis alors, en déplorant sa perte :

Oh ! s'il pouvait rester avec nous, même inerte
Et froid !—si pour toujours nos yeux pouvaient le voir,
Cela seul calmerait un peu mon désespoir.
Lui, ce ne furent pas les gardiens ni son père
Qui traînèrent son corps au triste cimetière,
Qui pour nos pauvres morts se rouvrait si souvent :
Non, la mère elle-même y porta son enfant.

Ainsi donc je restais tout seul avec ma femme.
Mais, le comprendrez-vous ?—le deuil et le chagrin,
Loin de nous réunir, en déchirant notre âme
Semblait y distiller je ne sais quel venin,
Dont, même en ce moment, elle est encore pleine.
Notre douleur était semblable à de la haine
Et se dressait, immense et noire, entre nous deux.
Nous étions désunis et seuls, ô malheureux !
Et nous ne disions pas un mot, — cruel martyre !
Car enfin, répondez, qu'aurions-nous pu nous dire
Dans ce logis désert, infortunés parents,
Assis devant les lits vides de nos enfants ?

Le soleil se levait alors, rouge et farouche.
Tous les jours à l'endroit où ce soir il se couche,
On eût dit une torche incendiant les flots.

Et nous vivions ainsi, jour et nuit, sans repos.
Un silence lugubre enveloppait la tente;
Dans un rayon de lune une souris errante
Passait parfois... d'ailleurs nul bruit, nul mouvement.
Oh! nos quarante jours coulèrent tristement.
Alors les médecins vinrent, selon l'usage.
Quand ils nous regardaient fixement au visage,
Je vis de la stupeur dans leur œil attristé:
Ma tête avait blanchi, mon corps s'était voûté.
A force de chagrin, d'angoisse et d'insomnie,
La face de ma femme était vieillé et jaunie;
Elle avait sur son front ridé des cheveux gris,
Un affreux incarnat sur ses traits amaigris,
Et le regard troublé de ces éclairs funèbres
Que le soleil fait naître au sortir des ténèbres.
A l'endroit où le mal porte ses premiers coups,
Le médecin nous fit frapper dans les jointures.
J'avais de tous mes morts embrassé les figures
Livides... Et pourtant, hommes! le croirez-vous?
Je sortais bien portant de cette quarantaine.
Ma femme avait touché trois cadavres à peine,
Et, dès qu'elle eut frappé sa poitrine, aussitôt
Elle exhala sa vie en un dernier sanglot.'

Je pris entre mes bras sa dépouille mortelle,
L'emportai dans ma tente, et, jetant mon fardeau,
Je tombai lourdement sur la terre auprès d'elle.
Encor quarante jours d'un supplice nouveau!...

Elle me dit, avant sa mort, la pauvre mère!
Qu'au tombeau qui couvrait ses restes adorés
Elle avait voulu prendre une fleur, une pierre,
Et de son dernier né quelques cheveux dorés.
Et c'est ce souvenir, gage d'amour profonde,
Cette image, voyez, qu'il tenait dans ses mains,
Et ces petits cheveux pris sur sa tête blonde,
Et qui pour moi seront désormais deux fois saints,
—(La mère infortunée avait eu le courage
De déterrer l'enfant, la nuit, pendant l'orage.
Quand elle eut terminé son funèbre travail,
Elle avait embrassé ses lèvres de corail,
Et puis l'avait remis avec soin dans la terre.) —
Et c'est ce souvenir, ce baiser funéraire,
Par elle dérobés au sépulcre jaloux,
Qui ravirent aussi ma femme à son époux.

Le tombeau du désert m'ouvrit encor sa porte,
Et de mes enfants morts reçut la mère — morte!

Puis, dans mon antre obscur, je retournai sans bruit
Me cacher loin du jour comme un oiseau de nuit.
Je ne vis plus du ciel la lumière sereine,
Personne désormais ne me vit dans la plaine;
J'étais comme un homme ivre ou comme un vieil enfant.
Dans ma mémoire, plus un visage vivant,
Rien que ces traits affreux, ces figures livides,
Que la peste avait pris dans ses griffes avides.
Et le jour radieux, la nuit pleine d'effroi,
Me les montraient toujours sous la tente avec moi.
Je parlais avec eux; j'avais, dans les nuits sombres,
Des conversations tristes avec ces ombres.
Même, par un hasard étrange, quelquefois
Ma voix de mes enfants reproduisait la voix.
Et je me réveillais de mes visions vaines
En entendant, la nuit, les hurlements des hyènes
Là-bas, sur les tombeaux... J'écoutais, plein d'horreur,
Ces fauves sur mes morts pleurant avec fureur.

Je m'engourdis enfin, comme fait la vipère;
Jours, semaines, passaient sans aucune douleur,
Sans délire; j'avais oublié mon malheur.
J'étais devenu dur et froid comme la pierre.
Un jour (puisse le Ciel alléger ma misère!)

Quelqu'un glisse en ma tente un regard incertain ;
Hélas ! et ce n'était plus un visage humain,
Mais c'était le regard de mon vieux dromadaire.
Le voyant si pensif et si compatissant,
Je me mis à pleurer tout haut, — comme un enfant

Ainsi je traversai ma triste quarantaine.
Les hommes sont venus enfin rompre ma chaîne.
Oh ! cruelle faveur, amère liberté !
A ma tente déjà j'étais acclimaté.
C'est avec un frisson de deuil et d'épouvante
Que je vais arracher les cordes de ma tente
Et ces pieux que...(grand Dieu ! pitié pour mes vieux ans !)
J'ai plantés dans le sable, avec tous mes enfants.
Aide-moi ; je suis seul aujourd'hui. Le murmure
De ces toiles saura te conter ma torture.
Elles le feront mieux encor que je n'ai pu,
Car elles savent tout, car elles ont tout vu !
De mes trésors perdus c'est tout ce qui me reste.
Regarde, touche-les, oh ! ne crains pas la peste,
Ne crain s pas cette mort dont l'aspect effrayant...
Ne crains rien, ô mon fils !—Tu n'es pas mon enfant.
Mais non, fuis : car je sais que ces toiles flexibles
A tout autre qu'à moi doivent sembler terribles.

Oh! mourir de la peste est une horrible mort!
On ne reconnaît plus ses proches — tout d'abord;
Puis, d'un feu dévorant la poitrine s'enflamme.
Hélas! ainsi j'ai vu huit des miens rendre l'âme;
Et, chaque jour témoin de trépas meurtriers,
J'ai passé dans ces lieux trois longs mois tout entiers.
Aujourd'hui, — voici neuf chameaux aux pieds rapides;
Regarde, — sur leur dos huit selles restent vides.
Et moi je n'ai plus rien que Dieu, — père orphelin!
Voilà ton cimetière, — et voici ton chemin.

6919 — Paris, imp. Jouaust, 338, rue Saint-Honoré.

DU MÊME AUTEUR

ŒUVRES COMPLÈTES DE JULES SLOWACKI

Traduction (en prose) et Préface de Venceslas GASZTOWTT

(Librairie du Luxembourg, rue de Tournon, 16).

6919 — Paris, imp. Jouaust, rue Saint-Honoré, 338.

www.ingramcontent.com/pod-product-compliance
Ingram Content Group UK Ltd.
Pitfield, Milton Keynes, MK11 3LW, UK
UKHW020454220726
13923UKWH00006B/2531